校园红色音乐剧

盡善盡美

霍伟义　陈玲玲◎著

中国戏剧出版社

图书在版编目(CIP)数据

校园红色音乐剧《尽善尽美》 / 霍伟义，陈玲玲著. — 北京 ：
中国戏剧出版社，2021.12（2022.9 重印）
ISBN 978-7-104-05166-4

Ⅰ. ①校… Ⅱ. ①霍… ②陈… Ⅲ. ①音乐剧—剧本—
中国—当代 Ⅳ. ①I233

中国版本图书馆CIP数据核字(2021)第228412号

校园红色音乐剧《尽善尽美》

责任编辑：黄艳华
责任印制：冯志强

出版发行：中国戏剧出版社
出 版 人：樊国宾
社　　址：北京市西城区天宁寺前街2号国家音乐产业基地L座
邮　　编：100055
网　　址：www.theatrebook.cn
电　　话：010-63385980（总编室） 010-63381560（发行部）
传　　真：010-63381560

读者服务：010-63381560
邮购地址：北京市西城区天宁寺前街2号国家音乐产业基地L座

印　　刷：北京九州迅驰传媒文化有限公司
开　　本：700mm×1000mm 1/16
印　　张：4.75
字　　数：60千
版　　次：2022年9月 北京第1版第2次印刷
书　　号：ISBN 978-7-104-05166-4
定　　价：48.00元

传承红色基因　接力时代使命

（代序）

习总书记指出：红色基因就是要传承。在中国共产党成立100周年之际，校园红色音乐剧《尽善尽美》公演泉城，红动齐鲁，可喜可贺！

百年忠诚，永恒的是初心；百年征程，追求的是尽美；百年卓越，不变的是奋斗。一百多年前，王尽美为追求革命理想而踏上赴济求学之路。在山东省立第一师范学校，他充满朝气、孜孜以求、读书不倦、奋争不止，为创建党组织充盈了知识储备、积累了斗争经验；一百多年后，霍伟义、陈玲玲两位编剧以习近平新时代中国特色社会主义思想为指导，创新形式，弘扬和传承尽美先烈“尽善尽美”的革命精神，不忘初心、牢记使命，在高校培育理想信念、价值理念和道德观念上尽了自己的一份责任和力量。

以史为鉴，开创未来。《尽善尽美》以历史资料为线索，以尽美先烈为榜样，创新了艺术形式，表现了永恒主题，激扬了青春力量，赓续了红色基因，必将是王尽美研究和宣传教育的良将奇兵，期待有更多的校园红色音乐剧为党史学习教育做出更大贡献。

青春不怠，勿负韶华！向付出艰苦努力的《尽善尽美》剧组致敬！为努力追求尽善尽美的学校、老师和学子点赞！

李海涛

2021 年 7 月

（本文作者供职于山东诸城市王尽美研究会）

前 言

王尽美，在中国共产党历史发展长河中，是开拓者；在中华民族伟大复兴的浩荡征程中，是先行者；在百年前唤醒国人的五四运动中，是无数热血青年中的精英。以王尽美为代表的早期革命者在党的创建和早期革命活动中，作出了卓越贡献，他们的革命精神是共产党人的初心所在；是激励我党不畏艰险、执政兴国的源头所在；是新时代坚持和发展中国特色社会主义道路的力量所在。

王尽美的革命精神是我党宝贵的精神财富。继承革命先烈遗志，自觉将“红色基因”融入新时代青年血脉，将王尽美的革命精神世代发扬，是我们的职责与使命。

高校校园红色音乐剧《尽善尽美》，共分四幕十六场，全剧设有二十四唱段，选取少年王尽美、远离家乡赴济南求学、组织开展学生运动、参加中共一大、领导工人罢工、为革命工作呕心沥血直至病逝等片段，歌颂了王尽美的革命生涯与革命精神，再现了王尽美短暂而光辉的一生。编创者得到了王尽美嫡孙王军的支持，他为此剧题写了剧名。

编创者还得到了山东诸城市王尽美研究会同仁提供的资料支持。书中王尽美塑像和展陈馆照片均为作者拍摄，背景老照片翻拍于诸城市王尽美党性教育基地，在此向助力此剧的同仁们一并致以诚挚感谢！

穿越时空，让王尽美的革命精神与现代大学生进行思想与灵魂的交融；让历史照进现实，照亮新时代大学生的心灯；让红色文化落地生根，红色江山永不变色；让理想信念指引前行方向，指引新时代大学生做共产主义远大理想和中国特色社会主义道路坚定信仰者和忠实践行者。

作者

2021.9 于济南

目录

CONTENTS

传承红色基因　接力时代使命（代序）/ 李海涛 / Ⅰ

前　言 / Ⅲ

《尽善尽美》演出本 / 001

序　幕　梦想起航 / 003

第一幕　少怀远志 / 006

第二幕　躬耕求索 / 016

第三幕　光耀初心 / 028

第四幕　山河相望 / 043

附录　剧评与心得 / 055

一场跨越时空的对话　一次终生难忘的观演 / 李伟 /056

薪火相传耀百年　青春放歌新时代

——参演音乐剧《尽善尽美》有感 / 徐子婷 / 058

尽善尽美　不负韶华

——参演音乐剧《尽善尽美》有感 / 刘子墨 / 060

彼方尚有荣光在

——参演音乐剧《尽善尽美》有感 / 张晓慧 / 062

穿越时空对话的红色魅力

——观看音乐剧《尽善尽美》有感 / 孙晓悦 / 064

铭英烈伟志　悟青春担当

——观看音乐剧《尽善尽美》有感 / 王丽颖 / 066

王尽美塑像

位于济南幼儿师范高等专科学校实验楼西侧广场

历史顾问 **李海涛** **刘培泉**

尽善尽美

演出本

编剧 **霍伟义 陈玲玲**

人物表

（按人物出场顺序）

大学生们

孙晓妍　大学思政课教师

女大学生

王尽美　乳名仓囤，青少年时用名王瑞俊

王尽美母亲

王新甫　王尽美老师

邓恩铭　中国共产党创始人之一，中共一大代表

王象午　曾与王尽美、邓恩铭创办《励新》半月刊

学监甲、乙

警察厅张厅长

警察厅李秘书

赵　璧　砂厂总监工

杨宝昆　早期中共党员，王尽美在砂厂化名刘瑞俊时的革命同志

佟惠亭　王尽美工友

李师傅　王尽美在工友当中发展的中共党员

包　孟　英国总管，砂厂总监工赵璧上司

王翔千　马克思学说研究会组织者之一

傅书堂　王尽美组织纱厂大罢工时的同志

刘护士　王尽美住院治疗时的护士

另有学生、工友、党员同志等群演若干

序幕
梦想起航

[画外音：王尽美，原名王瑞俊。中国共产党创始人之一，山东党组织最早的组织者和领导者。他为党的事业奉献一生，生命短暂而永恒，他为革命鞠躬尽瘁，品质朴实而高贵。历史不会忘记，人民不会忘记，尽善尽美的精神将会在新时代发扬光大，历久弥新。

人物：孙晓妍　大学生们　女大学生

时间：大学新生开学季

地点：校园广场　王尽美展陈馆

大学生们　（唱）快把梦想装进行囊，
让美丽青春完美亮相，
Are you ready？
加足马力，勇敢去闯！
校园菁菁，琴声悠扬，
用歌声证明我在成长。
Are you ready？
沐浴阳光，奔向远方。
童心、童真、童趣，
解放天性，快乐成长！
同心、同德、同行，
助我梦想扬帆起航。

大学生们　嘘……

孙晓妍　同学们，我是你们的思政课老师孙晓妍。
（唱）欢迎来到王尽美展陈馆！
王尽美是中国共产党的创始人之一，
他的精神指引我们向前。

师　生　（合唱）他的一生很短暂，
他和我们学习在同一所校园，
他为了民族的独立和人民的解放，
践行了一名共产党员的铮铮誓言。

孙晓妍　同学们，请随我到这边参观。

王尽美展陈馆内景
位于济南幼儿师范高等专科学校

[女大学生手拿一本中共一大丛书《王尽美》，一边翻阅书籍，一边思考。

女大学生 （唱）感恩前辈，
你们用生命和鲜血把祖国捍卫；
感悟人生，
一个人的价值在于奉献社会；
翻阅历史，
我要给自己的人生找准定位。
作为新一代年轻人，
该如何思考，如何面对？
我带着不解去了解王尽美，
是怎样的信仰让他永远追随？
我带着疑惑走近王尽美，
是什么让他把革命的理想栽培。

第一幕

少怀远志

第一场　换命

人物：仓囤（王尽美乳名）　王尽美母亲

地点：王尽美家中

[山貌如崮状，在日照、莒县、诸城交界处，当时属于莒县的大北杏村。

[一曲《满江红》拉开了历史的帷幕，呈现一片祥和景象。

[母亲在油灯下纺线，尽美躺在母亲腿上，听母亲讲故事。

母　亲　（唱）纺车嗡嗡叫，
岳飞的故事讲完了。
摇啊摇，摇啊摇，
我的孩儿睡着了。

仓　囤　娘，我没睡着。
（唱）为什么有些人终年辛苦不得温饱，
而有些人却坐享其成，到处逍遥。
为什么地主家的孩子能上学，
而穷人家的孩子只能满街跑？

母　亲　（唱）你的年纪还小，
有些问题想得太早。
穷人没学上，
谁让咱们命不好。

仓　囤　命不好，不能换一换吗？

母　亲　（唱）命是天注定，
穷人苦中熬。
世道太不公，
怎能换得了？！

仓　囤　（唱）为啥起名叫我仓囤，
不就是想多打粮食能吃饱，
把皇帝的龙墩掀掉，
穷人的日子才能过得好。

母　亲　（唱）孩子啊，你可不能瞎胡闹，

祸从口出会把脑袋掉！

从今以后你不能再去村头的酒馆，

听那说书的先生胡编乱造。

仓　囤　知道了，娘。

母　亲　天不早了，赶紧睡觉去吧。

仓　囤　嗯！

第二场　剪辫子

人物：王瑞俊

王新甫（王尽美老师）

地点：王新甫家中

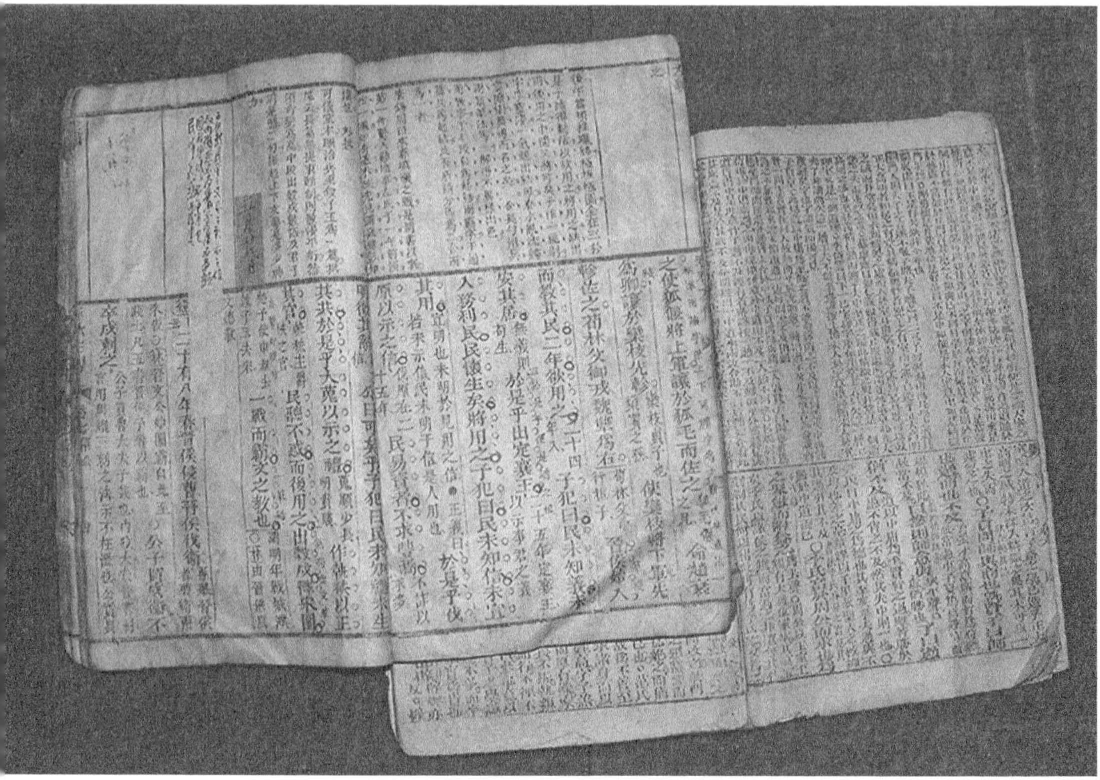

陈天华《警世钟》书影　作者翻拍于诸城市王尽美党性教育基地

[王新甫在家中读书，王瑞俊来访。

王新甫 长梦千年何日醒，睡乡谁遣警钟鸣？
腥风血雨难为我，好个江山忍送人！

王瑞俊 老师，您找我？

王新甫 瑞俊，最近在读什么书？

王瑞俊 老师，我最近又把《左传》《古文观止》和《千家诗》温习了几遍。

王新甫 很好！诸城独立大会后，你敢第一个把辫子剪掉，我就认为你是一个喜欢接受先进思想的好学生。来！瑞俊，今天老师送你一本书。

王瑞俊 陈天华的《警世钟》?! 听说过这本书，我一定好好看！

王新甫 （唱）长梦千年何日醒，
睡乡谁遣警钟鸣？
腥风血雨难为我，
好个江山忍送人！

王瑞俊 （唱）万丈风潮太逼人，
腥羶满地血如糜。
一腔无限同舟痛，
献与同胞侧耳听。

王新甫 我王新甫教学数年，你是我碰到过最聪明好学的学生，孩子！好好读书，今后必有作为啊！

王瑞俊 谢谢老师鼓励。

第三场　最好的武器

人物：王瑞俊

同学甲　同学乙　同学丙

地点：枳沟镇高级小学办公室

[王瑞俊和同学们在枳沟镇高级小学讨论中国将向何处去，出路在哪里。

众　（合唱）列强的铁蹄已踏入我齐鲁大地，

受苦的百姓唉声叹气。

今天咱们来讨论一个话题，

中国将向何处，去向哪里？

同学甲　我先说吧！

同学甲 （唱）我主张君主立宪，

反对三民主义，

革命必生内乱招瓜分，

本是同根生，相煎何太急！

同学乙 （唱）你说的观点我有异议，

暗杀袁世凯才是唯一。

既改变中国的命运，

还能为老百姓出口恶气。

同学丙 瑞俊，你也说说。

王瑞俊 （唱）平复你们的情绪，

说出的观点要有依据。

我认为在中国，

还有比炸弹更厉害的武器。

为什么太平天国能把清廷抗击？

为什么诸城小刀会能迅速崛起？

为什么辛亥革命首义扛起红旗？

大家想想，

他们靠的是什么武器？

众 （合）什么武器？什么武器？

王瑞俊 （唱）依靠百姓是最好的武器。

同学甲 （唱）他的见解独到又很犀利，

他旁征博引句句有道理，

王尽美照片　作者翻拍于诸城市王尽美党性教育基地

中国将向何处，去向哪里？

依靠百姓是最好的武器。

王瑞俊　（唱）百姓是天，百姓是地，

中国的出路在这里。

依靠百姓打倒列强，

把帝国主义赶出去！

[转场。

女大学生　（唱）那年他才十六岁，
却有着不同寻常的思维，
穷人的孩子早当家，
奋发图强有作为。
那年他才十六岁，
却能砥砺前行辨真伪。
学海无涯苦作舟，
你寻找光明的脚步永不后退。
十六岁啊十六岁，
我还不知道苦的滋味；
十六岁啊十六岁，
我的理想还未定位；
十六岁啊十六岁，
我要做好报国的准备；
十六岁啊十六岁，
我要做一朵永不凋零的花蕊。

女大学生　1918 年，王尽美为了教育救国的远大志向，考入山东省立第一师范学校。临行前，他登上村前的乔有山，俯瞰岭下贫穷的村落，远眺村后滚滚东流的潍河水，想到军阀混战的社会现实，让他思绪万千不禁感叹，赋诗《沉浮谁主问苍茫》以言志。

第四场　沉浮谁主问苍茫

人物：王瑞俊

地点：乔有山上

[1918 年春，王尽美离开养育自己的家乡去济南求学。

王瑞俊　（唱）沉浮谁主问苍茫，
古往今来一战场。
潍水泥沙挟入海，
铮铮乔有看沧桑。

第二幕

躬耕求索

人物：卖报童　王尽美　游行示威的学生们

地点：济南街道

[画外音：1919 年，五四运动的风潮席卷而来，王尽美积极联络济南的各校学生开展宣传工作，进行“三罢”（罢工、罢市、罢课）斗争，号召各界民众誓死力争、奋起救国。王尽美成为学生联合会的领袖人物。

卖报童　号外号外……巴黎和会传来最新消息！号外号外……巴黎和会传来最新消息！

王尽美　（领）外争国权，内惩国贼！

学生们　（合）外争国权，内惩国贼！

王尽美　（领）誓死力争，还我青岛！

学生们　（合）誓死力争，还我青岛！

王尽美　（领）收回山东权利！

学生们　（合）收回山东权利！

王尽美　（领）取消二十一条！

学生们　（合）取消二十一条！

王尽美　（领）拒绝在巴黎和会上签字！

学生们　（合）拒绝在巴黎和会上签字！

第一场　五四弄潮

人物：王瑞俊　邓恩铭　王象午
学监甲　学监乙　学生们
时间：1919 年
地点：济南街道

[学生手中举着游行的白旗，上面分别写着“勿忘国耻”“力争主权”“废除廿一条”“还我青岛”“外争国权　内惩国贼”“还我河山”等。

学生们　（合唱）看看看！
滔天大祸飞来到身边，
日本强盗似狼贪，
硬立民政官，
此耻不能甘，
山东又要似朝鲜。
嗟我祖国，
攘我主权，
破我好河山。
听听听，

山东父老同胞愤怒声，
送我代表赴北京，
质问大总统，
反对卖国廿一条。
保护我山东，
堂堂中华炎黄裔胄，
主权最神圣。

[转场。

[深夜，王尽美等三人回到山东省立第一师范学校北园分校大门口，大门紧锁。

邓恩铭　又回不去学校了吧？

王瑞俊　邓恩铭？王象午？哎！你看看这墙高得简直像个监狱。

王瑞俊　今天——

邓恩铭　早就——

王瑞俊　你先说。

邓恩铭　今天在游行示威的演讲中见识了你的才华和能力，实在是令我钦佩啊。

王瑞俊　早就听说山东省立第一中学有个年轻有为的水族小伙，果然才华过人，今后请多赐教。

王象午　你俩先别说客气话，今晚在哪凑合一宿啊？

王瑞俊　唉……

邓恩铭　跟我走吧，我们学校有个后门，大家都想见见你呢。

王瑞俊　走！正好咱们商讨一下如何捣毁那亲日的《昌言报》报馆。

王瑞俊
邓恩铭　走！

[转场。

[学监从院里走出。

人物：学监甲　学监乙

学监乙　（唱）头儿，

你有没有听见？

他们要捣毁《昌言报》报馆！

山东省立第一师范学校正门　作者翻拍于诸城市王尽美党性教育基地

学监甲　（唱）谁让我们是学监，
赶紧报告政府要提前防范。

学监乙　（唱）说不定还给我们点儿赏钱，
吃一顿把子肉解解馋。

学监甲　（唱）这个人学习优秀师生们都喜欢，
这个人爱好文艺精湛娴熟有人缘，
这个人号召力强有威严，
我们不要惹上麻烦丢了官。

学监乙　（唱）怎么办怎么办？
这人真讨厌，
怎么办怎么办？
总不能被他们看扁。

学监甲　（唱）你咋这么的啰嗦，
我这里早有主见，
攒够了罪证开除他，
除掉我们心头大患。

学监乙　头儿！而立呀[①]！

① 济南方言，牛、厉害的意思。

第二场　捣毁《昌言报》报馆

人物：王瑞俊　警察厅张厅长　李秘书

地点：警察厅办公室

[画外音：爱国无罪，赶紧放人！爱国无罪，赶紧放人！爱国无罪，赶紧放人！

[突然一阵枪声过后，军警带走了数名学生。

昌言報

《昌言报》书影　作者翻拍于诸城市王尽美党性教育基地

李秘书　报告厅长!

张厅长　李秘书，外面怎么这么吵啊?

李秘书　《昌言报》的报馆经理和主编被打了，咱们警察厅也被包围了。

张厅长　什么?

李秘书　王瑞俊要求见您，请求放人。

张厅长　好! 踏破铁鞋无觅处，得来全不费工夫。我倒要会会这个姓王的。

秘　书　叫他进来!

张厅长　(唱)领头闹学潮的人是你，
组织没收日货的人是你，
砸报馆搞请愿的人还是你，
难道你就不怕脑袋落地。

王瑞俊　(唱)我一不欺压百姓割让土地，
我二不卖国求荣光明正义，
我三不当日本走狗有正气，
何怕之有?
我倒想问你!

张厅长　(唱)你没有资格问我!
我也懒得理你，
谁敢聚众闹事，
军法处置毫不客气。

王瑞俊　（唱）《昌言报》替日本人说话，
外国列强瓜分我土地。
你是听不到还是看不见，
装聋作哑是何意？

张厅长　你无权过问！

王瑞俊　（唱）万恶的帝国主义，
杀辱我姐妹兄弟，
你也有爹娘，
你的枪应该指向哪里？！

张厅长　住嘴！

张厅长　（唱）我知道你来的目的，
能言巧辩也是白费力气。
你要再废话，
就立刻抓你入狱。

王瑞俊　（唱）你有刀枪你有武器，
你不把侵略者赶出去，
却来欺负一群爱国的学生，
你们政府就是硬的怕来软的欺。

张厅长　大胆刁民！我开枪崩了你！

李秘书　厅长，赶紧放人吧，邓恩铭带了很多人冲进来了！

王瑞俊　爱国无罪，赶紧放人！

张厅长　　好好！别吵吵！（拿起电话）把被捕的学生全部给放了！

王瑞俊　　那就谢谢厅长了。

张厅长　　去去去……

[转场。学校。

人物：学监甲　学监乙

地点：山东省立第一师范

[学生们在校内板报墙看王尽美发表的文章。

学监乙　　干吗呢？赶快上课去！头儿！你快过来。

学监甲　　怎么了，大惊小怪的。

学监乙　　头儿，你看，到处都是王瑞俊发表的文章，简直疯了！

学监甲　　《我对于师范教育根本的怀疑》《罢课乃求学之好机会》，他确实疯了。

学监乙　　他诽谤国家教育制度。

学监甲　　他在报刊上宣传异端邪说。

学监乙　　他还在济南成立共产党组织，到处煽动不良情绪。

学监甲　　记上！都给我记上！

第三场　曙光

人物：孙晓妍　三位大学生

[大明湖畔荷花盛放，垂柳依依，在思政教师孙晓妍的指导下，三位大学生一起学习王尽美事迹。

孙晓妍　（唱）追求真理，
你在风雨中挺起胸膛；
寻找光明，
你在黑暗中笃行前往；
捍卫主权，
你在空中挥舞着拳头；
坚定信仰，
你在歌声中唤醒朝阳。

大学生们　（唱）青春沸腾的力量，
写满爱国的志向，
透过定格的面庞，
全是奋斗的模样。

师　生　（合唱）就在1921年的夏天，
济南泉边徜徉，
大明湖上畅谈思想；
就在1921年的夏天，
嘉兴南湖荡漾，
中华民族将迎来曙光。

孙晓妍　1921年7月，王尽美和邓恩铭作为济南中国共产党早期组织的代表，赴上海参加中共一大。中国共产党的成立，更加坚定了王尽美的革命信念。

师　生　（合）他认定共产主义理想是无产阶级“尽善尽美”的社会理想。

第三幕
光耀初心

[王尽美与邓恩铭为了安全起见，分赴上海参加中共一大会议，他们更加坚定了只有革命斗争才能救得了劳苦大众的信念。

第一场　尽善尽美

人物：王尽美

地点：南湖红船上

[在嘉兴南湖，王尽美伫立船头，遥望远方，心潮激荡，写下《肇在造化——赠友人》抒发豪迈心绪，憧憬未来，仿佛看到了黎明的曙光，仿佛听到了战斗的召唤和冲锋的号角。

王瑞俊　（唱）贫富阶级见疆场，
尽善尽美唯解放，
濰水泥沙统入海，
乔有麓下看沧桑。

[转场。

人物：学监甲　学监乙

地点：学校

[唱《饭碗问题》。

学监乙　（唱）饭碗问题，饭碗问题，问题是饭碗。

学监甲　（唱）他没想到《饭碗问题》会把自己的饭碗端。

学监乙 （唱）他加入共产党与政府唱反调。

学监甲 （唱）开除他的学籍是明智的决断。

学监乙 （唱）可我听说他改名叫作王尽美。

学监甲 （唱）你说什么我没听见。

学监乙 （唱）他改名叫王尽美。

学监甲 （唱）哎呀哎呀，

我怎么感觉我们就像小丑被他涮。

学监乙 （唱）我也有同感。

学监甲、乙（合唱）我们忙的算哪般。

[画外音：一大结束后，王尽美转身投入到波澜壮阔的革命运动中。在中共中央代表的指导下，他在山东建立中国共产党山东区支部，担任书记。他与邓中夏、毛泽东等人一起编写《劳动法大纲》，成为这一时期党指导工人运动的纲领。在山海关开展工人运动时，他改名为刘瑞俊，白天乔装打扮成翻砂工，晚上组织工人们学习文化，进行革命宣传工作。由于他长期的忘我工作与艰辛生活，积劳成疾，患上了肺结核病。

第二场　驱逐工贼

人物：王尽美　赵璧　杨宝昆　佟惠亭
李师傅　英国总管包孟
其他工友若干

地点：工厂

工友们　（唱）一横一竖再一横，
这个字儿啊叫作“工”，
一撇再加一个捺，
这个“人”字就写成。
工人识字心眼亮，
能把世道看得清，
有了文化不愚昧，
善恶美丑辨分明。

王尽美　（唱）大家学习的劲头很高涨，
讲出的道理我赞成。
用马克思主义思想武装自己，
改变命运不是梦，
我发现一个问题。

工友们　（合）什么问题？

王尽美　（唱）我们的帮派观念很严重，

这样不利于我们团结，

反而被恶势力所利用。

杨宝昆　刘师傅，我们没文化，您就直说吧！

王尽美　我问大家，资本家剥削我们哪个帮派？

佟惠亭　不分帮派，谁都剥削！

工友们　（合）对！谁都剥削！

王尽美　那我们反对哪个资本家啊？

杨宝昆　只要是资本家，没有一个好东西！

工友们　（合）对！没有一个好东西！

王尽美　我们天下的工人是一家，都是被资本家剥削的无产阶级啊。（咳嗽）

工友们　（合）刘师傅……

王尽美　小小风寒而已，崔师傅怎么没有来？

杨宝昆　被总监工赵璧打伤了。

工友们　（合）打伤了？

佟惠亭　又是赵璧！他无故开除工人吃空饷，仗势欺人太甚，我们应该联名告他，开除他！

杨宝昆　很难办，他的后台可是警务局局长吴大挺啊。

王尽美　工友们，不用担心，只要我们团结一心，一定能战胜恶势力！

杨宝昆 我们该怎么办?

王尽美 罢工!

工友们 (合)罢工?

王尽美 切断他们的经济命脉，要工厂答应我们的条件。这是我昨天晚上根据大家的反映整理出来的文稿，大家看看。

工友们 (合)哎呀!

王尽美 有问题吗?

李师傅 哎呀!

工友们 (合)怎么了?

李师傅 不识字啊!

工友们 (合)哈哈……

杨宝昆 刘师傅有学问，我们都听你的!

工友们 (合)对！我们都听你的!

王尽美 好！我们现在遭受着帝国主义、资本家和封建把头的压迫和剥削，过着牛马般的生活，我们一定要夺回真正做人的权利!

工友们 (合)我们一定要夺回真正做人的权利!

[王尽美咳嗽。

杨宝昆 今天刘师傅有点不舒服，我们先下课回家吧。

[工友们散去，杨宝昆一把拉住王尽美的手。

杨宝昆 (唱)尽美同志!

王尽美　（唱）宝昆同志！

杨宝昆　（唱）让你受了委屈，

王尽美　（唱）都是革命战士，
哪里有需要就要战斗在哪里。

杨宝昆　（唱）这里的情况我最熟悉，
两京锁钥无双地，
群众基础雄厚，
对开展革命工作有许多便利。

王尽美　（唱）只要我们人心齐定能泰山移，
用马克思主义思想打倒恶势力，
九九八十一难刚开始，
有你的协助真的要谢天谢地。

杨宝昆　（唱）向组织保证我会竭尽全力配合你。

王尽美　好！

[转场。

[赵壁被举报，找英国总管包孟送礼办事。

人物：赵壁　包孟

时间：深夜

地点：包孟办公室

[包孟手拿金条自赏，赵壁敲门。

包　孟　谁？

赵　璧　是我。

包　孟　赵璧啊，你来干什么？进来！

赵　璧　（唱）总管为了百姓的安宁，

工作又到三更。

包　孟　说正事！

赵　璧　（唱）总管对我好得像亲爹，

可我现在无法对您来孝敬。

包　孟　说具体点！

赵　璧　（唱）他们联合起来把我整，

要求免去我的职务总监工，

您可要替我做主啊，

我还想继续为您孝敬（塞红包）。

包　孟　谁那么大胆？

赵　璧　就是刚进厂干活没多久的刘瑞俊！

包　孟　这个刘瑞俊啊！

（唱）是哪来的一棵葱？

敢挡我财路，

我让他在山海关不得安宁。

这帮穷鬼，

还敢罢工，

饿他两天，

乖乖复工。

我报告总部，

为你请功，

官复原职，

这个你懂。

赵 璧 懂！我懂！（塞钱）

第三场　卧轨截车

人物：王尽美　佟惠亭　杨宝昆　李师傅
其他工友
地点：工厂

王尽美　工友们，“光明”二字我们就学到这，哎？崔师傅的伤好些了吗？

佟惠亭　他忍受不了折磨，被饿死了。

王尽美　什么？

佟惠亭　（唱）罢工已经好几天，
他们态度强硬没好转。
胳膊拧不过大腿，
谁让我们的命太贱。

工友们　（唱）大家总得要吃饭，
现实就摆在眼前。
男人是家里的顶梁柱，
不能让妻儿老小在家大眼瞪小眼。

王尽美　（唱）我了解大家难，
也在想办法解决大家的难。

不罢工也要冻死饿死被压迫死，

与其受辱死不若奋斗死，

和他们决一死战！

工友们 （唱）与其受辱死不若奋斗死，

和他们决一死战！

李师傅 刘师傅……您呼吁全国的工人支援，帮助咱们山海关的工人渡过难关的钱到了。

王尽美 太好了！宝昆同志，拿出一部分的钱给崔师傅安排后事，剩下的钱全部分给需要救济的工友们。

杨宝昆 好！好！

王尽美 这是我连夜撰写的《山海关工人宣告罢工真相》，明天登报告示，我们不能坐以待毙，组织工人卧轨截车。

工友们 （合）卧轨截车？！

王尽美 工友们！我们想想家里的妻儿老小，不能让他们再受苦了。

杨宝昆 我们要是能换来自由，就是被火车轧死也值了，刘师傅足智多谋，我们都应该听他的！

工友们 为了自由！为了家人！卧轨截车！卧轨截车！

[转场。火车站。

[画外音：王尽美，让“劳工神圣”的大旗在山海关迎风飘扬，把革命的火种播撒到工人中间，在黑沉沉的大地上点燃希望的明灯。1922年10月9日早上8点，饱受欺辱的1000多名工人，内心深处蓄积着反抗怒火。在王尽美的带领下，发起了一场惊心动魄的卧轨截车。

人物：王尽美　包孟　工友们

地点：火车站

工友们　（唱）车轮滚滚汽笛鸣，
铁骨铮铮天地动。
伸张正义好儿郎，
浩浩青史留美名。

王尽美　（唱）正义我岿然不动，
解放为劳苦大众。

头可断血可流，

青春在烈火中永生。

[火车急停。

[画外音：报告总部，火车运营全部瘫痪；报告总部，煤船不能起航，变成死港；厂方无水无电，机器不能运转；医护完全离职，病人无人问津；商店关门，经济损失惨重。

包　孟　（恶狠狠地）刘瑞俊，你等着瞧！

第四场　虎口脱险

人物：王尽美　佟惠亭　杨宝昆　李师傅

地点：榆关道上

[画外音：“风雪榆关道，同君到海隅。地掀千嶂起，波涌片帆孤。”王尽美怀着对马克思主义的信仰，对社会主义和共产主义的信念，饱受着路途中的山寒水冷、朔风凛冽。他坚信：坚持走马克思主义道路才是救国救民的正确道路。

[在北风呼啸的雪夜，王尽美在群众的掩护下，离开山海关。

杨宝昆　尽美同志，我们给乡亲们说您明天要走，是想转移那帮军警们的注意，今夜出关，委屈您了。

王尽美　和工友们共事我很开心。

佟惠亭　乡亲们知道您要走，这是特意给您备的干粮。

王尽美　乡亲们的好意我心领了，我不能要。

[突然一声枪响。

杨宝昆　不好，我们组织里面出现了内奸。

王尽美　你这是……（李师傅和王尽美交换了围脖）

李师傅　尽美同志，您是我的入党介绍人，我来掩护您，这也是组织考验我的时候。您往榆关道方向，我把他们引开。

王尽美　你要小心！同志们！一定要和农民、城市苦力团结起来呀！

工友们　（合）请放心！

[王尽美独自一人行走在榆关大道。

[歌声响起：榆关道风雪寒，
革命征途路漫漫。
血滚热霜两肩，
脚步刚毅意志坚。
邀明月伴征程，
一路同行不孤单。
东方亮朝霞染，
中华大地艳阳天。

第四幕

山河相望

第一场　救国良药

人物：王尽美　邓恩铭　王象午

王翔千　王　辩　王志坚等若干党员

道具：马克思炭画像

地点：济南市贡院墙根街山东教育会

[王尽美以马克思学说研究会的名义，精心策划了马克思诞辰105周年纪念大会。会场四周贴满了“无产阶级的解放，是要无产阶级自己努力的”“打倒国际帝国资本主义”“推翻武人政治”等标语。

众　人　（合唱）春风吹花斗艳，

齐鲁大地要换新颜。

贴字报发传单，

好日子终于有了期盼。

锣鼓敲歌声甜，

将马克思主义思想来宣传。

贴标语挂头像，

我们团结起来加油干。

王翔千　下面欢迎王尽美、邓恩铭两位同志讲话。

邓恩铭　（唱）有个问题我一直在思考，

为什么几次的学潮无功徒劳？

社会还是那个社会，

腐败势力依然逍遥，

种田之人吃不好，

纺纱之人穿不好，

坐轿之人唱高调，

抬轿之人满地跑。

王尽美　（唱）马克思主义就是及时雨，

教育不是救国的良药。

我们《励新》学会和《周刊》，

要大力宣传新的思潮。

让知识分子知晓，

让工人、农民、商人也知晓，
联合劳苦大众戮力同心，
一定能把帝国主义打倒。

众 人 （合唱）十月革命吹响斗争的号角，
我们团结一心信念不动摇。
让国际共产主义的理想，
早日来到！

第二场　纱厂工人大罢工

人物：刘护士　王象午　傅书堂

地点：医院

[画外音：王尽美把全部的精力投身到党的事业中，由于长期疲劳过度，再加上艰辛的生活，病情加重，上演了一场感天动地的生死别离。

刘护士　王大哥，该打针了（发现王尽美不见了）。

王象午
傅书堂　（见刘护士慌张出门）刘护士，什么事这么慌张？

刘护士　象午大哥，书堂大哥，尽美同志不见了！

王象午
傅书堂　什么？

王象午　你是怎么照顾的？你应该……唉！

刘护士　对不起，对不起……刚才还给我讲《共产党宣言》来着，一转眼功夫，他就不见了。

傅书堂　他现在的病情很严重，我们必须把他找回来。

王象午　那他能去哪呢？

傅书堂　我知道了，他肯定去纱厂工人大罢工现场了。

王象午
刘护士　太危险了，我们快去把他找回来！

［转场。工人罢工现场。

人物：王尽美　纱厂工友们

地点：工厂

工友们　（唱）病国殃民，
民穷财尽，
尽付东流，
流离无亲。
炮火连天，

天昏地暗，

暗无天日，

日薄西山。

[机枪扫射，死伤无数。

[王尽美跑进现场。

王尽美　（唱）天有眼，枪无情，

一颗子弹一条命。

天地暗，唤光明，

壮烈千秋铸忠诚。

心有爱，誓无悔，

一颗红心一片情。

雷电闪，震长空，

誓死报国救苍生。

王尽美　工友！醒醒，工友！醒醒……

［王尽美肺结核病加重，吐血，晕倒。

［傅书堂、王象午、刘护士上场，四处寻找和呼唤王尽美。

王象午　尽美，尽美，尽美？

刘护士　王大哥，王大哥，王大哥？

傅书堂　在这呢……

［刘护士上前检查了王尽美的身体状况。

傅书堂　怎么样，刘护士？

［刘护士摇摇头。

王象午
傅书堂　唉！

［这时，王尽美的母亲找到了罢工现场。

第三场　重托寄千秋

人物：王尽美　王尽美母亲

地点：罢工现场

母　亲　儿啊！我的孩子！

（唱）哭声雷声声声痛，

晴天霹雳天动容，

雨滴泪滴滴滴情，

乔有山下潍水涌。

那一年树上喜鹊叫不停，

那是我家俊儿要降生。

茅草屋里传来婴儿的啼哭声，

王家有后血脉传承。

俊儿天生性格倔，

不愿低头苟且偷生。

为天下百姓苍生，

远征求学闹革命。

孩子啊，你放心地走吧，

后边的路再难娘也要撑。

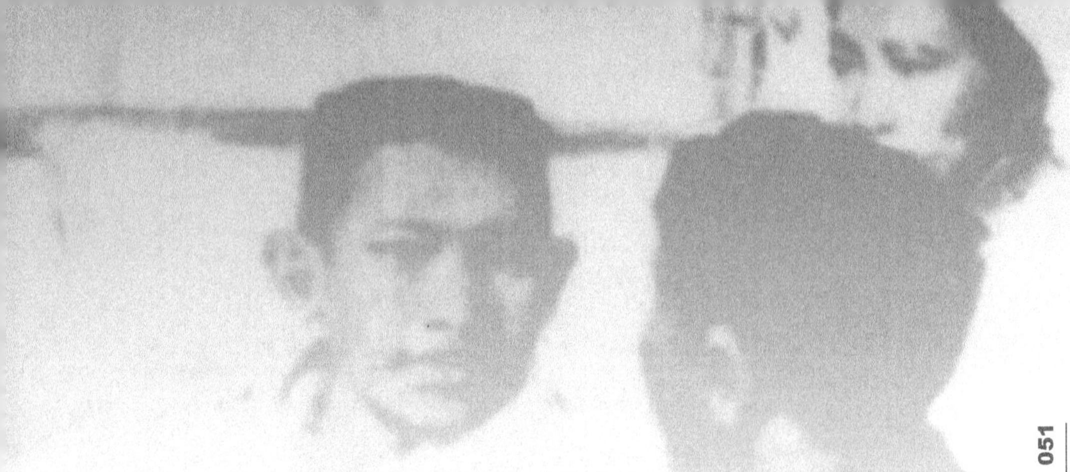

留下两个懂事的娃，

我把他们抚养成人继续为百姓奋斗终身。

［转场。病房。

王尽美　（唱）一曲满江红回荡在耳际，

多想依偎在娘的怀里，

伴着纺车嗡嗡响，

听着故事安然睡去。

娘啊娘啊你别生气，

对妻儿说声对不起，

一家不圆万家圆，

你们会看到乔有山上满山翠绿。

［王尽美口吐鲜血。

［同志们看望病榻上的王尽美。

同志们　尽美同志！

王尽美　（唱）全体同志要好好工作，

为无产阶级和全人类的解放，

和共产主义的彻底实现而奋斗到底！

同志们　为无产阶级和全人类的解放和共产主义的彻底实现而奋斗到底！

[字幕依次呈现。

[毛泽东批示：革命胜利了，不能忘记老同志，你们山东要把王尽美、邓恩铭烈士的历史搞好，要搜集他们的遗物。

[董必武题诗：四十年前会上逢，南湖泛舟语从容。济南名士知多少，君与恩铭不老松。

女大学生 豪言铮铮，壮志如虹。日月经天，此志以恒。王尽美的一生短暂而辉煌，他用生命的光和热谱写出革命史册灿烂的篇章。习近平总书记说：历史是最好的教科书。尽善尽美求真理，尽善尽美尽年华。我们作为新时代青年，要继承革命先辈遗志，紧随先辈步伐，听党话、跟党走，练就过硬本领，肩负起祖国复兴的重任。

第四场　青春的代言

大学生们　（合唱）走过历史的云烟，

你是一团火焰，

任凭风云变幻，

你的光热始终在人间。

经过岁月的考验，

你是一份信念，

无论酷暑严寒，

你的引领永远向前。

我们是青春的代言，

丰功伟绩永怀念，

我们乘着时代的春风，

红色基因永流传。

我们是青春的代言，

不负韶华迎挑战，

书写人生续新篇，

让祖国的明天更灿烂。

——剧终——

王尽美塑像

位于诸城市王尽美党性教育基地

附录

剧评与心得

一场跨越时空的对话　一次终生难忘的观演

有幸成为音乐剧《尽善尽美》首演的现场观众，体验这场跨越百年时空的对话，今日之青春与百年前之青春碰撞，激荡人心，涤荡心胸，发人深省。

今年是中国共产党建党100周年，因为新闻媒体记者的工作属性，有很多机会接触红色故事、深入党史学习教育，让我对百年党史和革命先驱们有了前所未有的深刻认识。其中，接触资料最多的就是中共一大代表、中国共产党创始人之一王尽美，短短27年的生命，却在中国百年党史上刻下无限光辉。一百年前，他与革命战友开天辟地，于黑暗中为中国之未来寻找光明；此后一百年间，正是因为有更多中国共产党人的荡气回肠、矢志不渝，才创造了今日之美好中国。无论何时，不能忘记那个根，不能忘记习近平总书记在中国共产党建党100周年庆祝大会上提出的“建党精神”：坚持真理、坚守理想，践行初心、担当使命，不怕牺牲、英勇斗争，对党忠诚、不负人民。

王尽美的一生，就是这32个字的真实写照。

而音乐剧《尽善尽美》，将他这壮烈的一生，展现在了现代人面前。相隔一百年，却觉得他这么贴近，这就是鲜活的力量。这种鲜活来自哪里？在首演后的访谈内，两位编剧讲述了艰辛而充实的创作历程，遍读与王尽美有关的研究和著作，既要兼顾历史的真实性，也要注重语言的艺术性，只有真诚地去与一百年前的那个人物对话，才能作出“尽善尽美”的创作。这其中令我印象最深的就是她总结的王尽美的三个阶段：仓囤少儿、瑞俊少年、尽美战士。没有深厚的研究功底，就不可能有如此恰到好处的总结，没有这么精准的总结，就不可能有充满张力的创作。所以这部音乐剧成功的背后，一个好的剧本功不可没。

舞台的呈现也至关重要，音乐剧的一个画面一直牢牢印在我的脑海中：寻访烈士故事的女学生，站在巨大的红色旗帜背景前，双手伸向屏幕左上角的王尽美头像——我想，这一刻导演想表达的是，青春对青春的崇敬之情，以及青春要传承青春的坚定志向。正如王尽美之孙王军老师在接受采访时所说，红色基因的传承，需要好的内容，也需要好的形式，《尽善尽美》就是一次形式和内容兼具的成功尝试。

希望这场音乐剧也像剧中主角的追求一样，向着“尽善尽美”的方向不断改进和传承。

李伟

2021 年 7 月

（本文作者供职于山东广播电视台综合广播融媒采访部）

薪火相传耀百年　青春放歌新时代

——参演音乐剧《尽善尽美》有感

“我们作为新时代青年，要继承革命先辈遗志，紧随先辈步伐，听党话、跟党走，练就过硬本领肩负起祖国复兴的重任。”这是我所饰演的大学生在音乐剧尾声中的一句重要台词，我想这句话也饱含了《尽善尽美》音乐剧在建党100周年所要呈现的重要意义吧。

记得音乐剧第一幕第三场，我演唱的作品《十六岁》让我记忆尤为深刻。歌词讲述了王尽美年少有为，那年的他才十六岁，却有不同寻常的思维，其奋发图强有作为，寻找光明、永不后退。每每演唱这首作品，都会联想到王尽美英勇奋斗、无畏牺牲的一生，让我不禁感慨和思索，作为新时代青年的我们，又该如何传承好这种精神，真正把“尽善尽美”四个字融于血脉！

今年是中国共产党建党100周年，百年恰是风华正茂。我作为青年教师，要始终秉承“立德树人”根本任务，以“为党育人、为国育才”的理念，践行初心，担当使命，让“尽善尽美”红色精神代代相传，不断培养出有伟大抱负、有民族气节的新时代大学生。感谢两位编剧老师的辛勤付出，让我们师生用全新视角回顾历史，重温伟大的革命精神，教育指引我们为成为有理想、有作为、有担当的社会主义青年而不懈奋斗！

徐子婷

2021年7月

（本文作者系济南幼儿师范高等专科学校艺术教育学院教师）

彼方尚有荣光在

——参演音乐剧《尽善尽美》有感

能够成为校园红色音乐剧《尽善尽美》中的舞蹈、声乐演员，是我的荣幸。参演过程中的成长与思考对于我的大学生活，对于我的一生终将是刻骨铭心的。

作为序幕与尾声的合唱演员以及第二幕《长江歌》的舞蹈演员，我见证了《尽善尽美》音乐剧从选拔演员到最后舞台的呈现。聚是一团火，散是满天星。这场音乐剧将我们每个人的心紧紧连在了一起，我们在希望中欢呼，我们在疲惫中坚守，我们在舞台上高歌，尽善尽美尽年华！以自豪，以感恩，以热血，特别鸣谢，一起成长的你们。

“外争主权！内惩国贼！收回山东权利！取消二十一条！拒绝在巴黎和会上签字！”当舞蹈《长江歌》的音乐响起，我们仿佛就是那群在时代的巨变中嘶吼的五四青年，我们就是在血与火的淬炼中觉醒，奋起救国，为中国之富强，虽万死而不辞的中国青年！在这一刻，年轻的心和滚烫的大地紧紧拥抱在一起，以至于在演出后，双手仍是微微颤抖，心中的热血难以平息。

《尽善尽美》音乐剧在我成长路上留下了浓墨重彩的一笔，最重要的是，将红色基因深深地烙印心中，融进血脉。明党史，感党恩，对中国共产党知晓得越多，越是心生钦敬，感恩前辈们用鲜血铸就了通往如今盛世中国的道路。

张晓慧

2021年7月

（本文作者系济南幼儿师范高等专科学校学生）

穿越时空对话的红色魅力

——观看音乐剧《尽善尽美》有感

红色音乐剧《尽善尽美》在宏大的历史背景下，将视角紧随革命人物王尽美的身影，其基于民族传统并融合现代元素的多样态音乐风格、实景布景和多媒体虚景共同设置的极具震撼力的舞美架构，结合王尽美、母亲等人物形象的崇高性演绎，在张弛有度的剧情中展现了烽火岁月里坚贞不渝的革命志士与对革命信仰的崇高性宣扬，每一次观看，都会让我们在专业学习与思想感悟等许多方面有新的进步与心灵上的触动。

《尽善尽美》音乐剧在保持现实主义笔风的基础上，加入浪漫主义色调，其对人物感情展现的细腻化处理与“第三人称”视角的完美衔接化陈述是我们在学习剧目创排的过程中从未实际接触到的。对此霍老师结合自己的创作演出经验，讲述并训练我们在一度创作与二度创作之时，都应充分将自己放入那个年代，着重艺术体验的全过程，才能充分创作出并演绎出人物的形象；《尽善尽美》音乐剧则在编创方面大胆创新，考虑到当代文化艺术环境与剧中革命历史已经拉开了半个多世纪的时间，穿越时空，将王尽美革命斗争中的精彩故事串联，加强了戏剧内容与现实生活之间的因果关联，令观众耳目一新，也让我们学习了解了优秀剧目的创作方式。

孙晓悦

2021年7月

（本文作者系山东管理学院学生）

铭英烈伟志　悟青春担当

——观看音乐剧《尽善尽美》有感

当我有幸作为一名学生观众观看《尽善尽美》音乐剧时，其实是带着历史的距离感以及疑惑的情绪走进演播厅的，而当我完整的看完这部音乐剧时，我很庆幸自己没有错过这场演出。

音乐剧中的故事紧凑，每一幕都让人感触颇深。从小时候母亲为王尽美讲岳飞精忠报国的故事到他曲折的学习经历，再到他运用自己的真才实干献身革命的故事，深深地震撼并感动着我。尤其是王尽美牺牲时王尽美的母亲去看他，那抓人心的情节和老师、同学们表演的感染力深深打动了我，泪水也不禁溢出眼眶。他于风雨中一路走来，跨越时空，非常形象地走到了我们身边，用自己的人生轨迹启迪我们的思想，涤荡我们心胸。

“走过历史的云烟，你是一团火焰，光热留在人间……”音乐剧中的每一句歌词都声声鸣响，直击人心。剧中还用艺术的形式再现了革命先辈的诗作，民谣元素也被运用于其中，做到了音乐与历史脚本的平衡。这种平衡不是势均力敌的彼此对立，而是在双方平等基础上的彼此交融。尽善尽美尽年华，王尽美不屈于强权的英勇形象时刻冲击我的内心，他似璀璨星辰划出了一道耀眼绚丽的光芒，闪耀在历史的星空和人民的心中。

音乐剧《尽善尽美》在文学脚本上的价值，在于它为我们提供了一个学习党史的契机，鞭策我们不至沉湎于现实优渥的生活，让我们能够在感伤与落泪之后，珍惜幸福生活，艰苦奋斗，坚定地走向未来。

王丽颖

2021年7月

（本文作者系济南幼儿师范高等专科学校学生）